# सुरजापुरी

## भारत की सीमा समाप्त

## ट्विंकल शेख

Copyright © Twinkle Sheikh
All Rights Reserved.

This book has been published with all efforts taken to make the material error-free after the consent of the author. However, the author and the publisher do not assume and hereby disclaim any liability to any party for any loss, damage, or disruption caused by errors or omissions, whether such errors or omissions result from negligence, accident, or any other cause.

While every effort has been made to avoid any mistake or omission, this publication is being sold on the condition and understanding that neither the author nor the publishers or printers would be liable in any manner to any person by reason of any mistake or omission in this publication or for any action taken or omitted to be taken or advice rendered or accepted on the basis of this work. For any defect in printing or binding the publishers will be liable only to replace the defective copy by another copy of this work then available.

"माता पिता और छोटे भाई फहद को समर्पित।"

# क्रम-सूची

# आमुख



*"फिक्शन और हिस्ट्री का जोड़ फिक्ट्री"*

बिहार का किशनगंज ज़िला जिसका भौगोलिक और सांस्कृतिक क्षेत्र मेल नही खाता। 1912 से पहले का बिहार जो बंगाल प्रांत का हिस्सा था।विभाजित बिहार में 1956 के समय पूर्णिया पुरूलिया के कुछ क्षेत्र बिहार में रह गए कुछ बंगाल को हस्तांतरित कर दिए गए।

भौगोलिक स्तर से किशनगंज ज़िले के पश्चिम में अररिया जिला, दक्षिण-पश्चिममें पूर्णिया जिला, पूर्व में पश्चिम बंगाल के उत्तर दिनाजपुर जिला, और उत्तर में पश्चिम बंगाल के दार्जिलिंग जिला और नेपाल से घिरा हुआ है। 14 जनवरी 1990 पूर्णिया से अलग कर किशनगंज उपमंडल को जिला घोषित कर दिया गया।

कहानी विभाजन से पूर्व फिक्ट्री पर आधारित पात्रों की है। हम इतिहास को भूल जाए लेकिन कहानी नही भूलते कुछ तर्क वितर्क भरी इन कहानियों को इतिहास से जोड़ कर साहित्य का रूप दिया गया है।

# जमींदार बाबू

जमींदार अशफाकउल्ला साहब यानी अशहाबुद्दीन के अब्बा हुज़ूर इल्म के सौदागर रहे। दीन दुनिया दोनों ही तालीम के कायल। तभी अपने बेटे को विलायत भेज दिया वकालत की पढ़ाई करने। अम्मा सूफिया बेगम यानी अशहाबुद्दीन की अम्मा दिल को धक से छुपाए अपने इकलौते बच्चे को जाने दिया।

जमींदार साहब किशनगंज से ताल्लुक रखते थे। अररिया के मियांपुर गांव में रह बस गए थे। सुरजापुरी बोली साथ में उर्दू भाषा इन्हीं का संगम था इनका परिवार।

छोटी हवेली चारों तरफ से घिरी हुई थी। घेराव के अंदर चारों तरफ फूस के छोटे-छोटे घर थे। जिनमें वहां काम करने वाले लोग रहते थे। आस पास के इलाकों में हर कोई जानता था इन्हें। बेटा विलायत से वकालत पूरी करके वापस आ गया था। जिसने चार चांद लगा दिया इनके खानदान के नाम पर।

रज़ा साहब इनके पड़ोसी थे। अक्सर इनके यहां आया जाया करते। रज़ा साहब ने सूफिया बेगम से पूछा "लड़का आपका पढ़ लिखकर वकील बन गया है। निकाह करवाने का सोचा है कि नहीं?

सूफिया बेगम बोली सोचा तो है! पर लड़की ऊंचे खानदान की होनी चाहिए रज़ा साहब। हम किशनगंज से ताल्लुक रखते हैं। अररिया में रह बस गए तो क्या हुआ। लड़की किशनगंज की ही चाहिए हमें सुरजापुरी बिरादरी की।

रज़ा साहब, देखिए जरा आप ही कहीं। इनके अब्बा तो बाबू को भेज दिए थे पढ़ने विलायत। वकील बन कर लौटा है। नाजाने दिमाग में

क्या चलता रहता है बाबू के? शादी के बारे में पूछो तो जरा भी ध्यान नहीं। वकालत की किताबों में घुसकर नाजाने क्या बुद बुदाता रहता है।

नई कन्या घर आए तो मैं भी पोते पोतियो का दीदार करूं। इतनी देर में अशहाबुद्दीन पीछे से आकर बोले "अम्मा की बात करोइस रज़ा साहब ऐर साथे"? अस्सलाम वालेकुम चाचा कैसे हैं? आ गए बाबू तुम वालेकुम अस्सलाम अल्लाह का शुक्र है। तुम बताओ 'घोर बार आगू बढ़ाबो की नी'? क्या चाचा आप भी निकाह की बात को लेकर बैठ गए अम्मा की तरह।

बाबू थोड़ा झिझक कर बोले अब्बा हुजूर कहां है अम्मा? अम्मा हड़बड़ाहट में बोली, गए हैं खेतों की तरफ आदि दिए हैं जिसे वो आया था घर। उसी के साथ गए हैं खेत खलियान के तरफ, आते होंगे।

चाचा चाय लीजिए आप। नहीं बाबू जमींदार साहब से मिलने आया था। कल किशनगंज जा रहा हूं, लगेगा कुछ दिन लौटकर आने में। महेंनगांव एस्टेट में शादी है मोहम्मद यूनुस साहब की बेटी की। आता हूं दोबारा मिलने।

क्रांति पार्टी के लोग वकील बाबू के पास पहुंचे। उनमें से एक पार्टी में कार्यरत आदमी ने कहा। यह डाकुओं की समस्या का समाधान कैसे किया जाए वकील बाबू? हम छिटपुट लोग क्रांति पार्टी का आगाज तो कर दिए हैं।इन डाकूओं की डकैती अब हद पार कर बैठी है।

कल का हादसा बताते हैं आपको। पास के गांव में शादी थी। बारात घर की तरफ दुल्हन के साथ लौट रही थी। इन डाकू ने पहने हुए सोने जवाहरात लूट लिए।

अब जरूरत है कि इस छिटपुट पार्टी में ज्यादा से ज्यादा लोग जुड़ें। इन बेलगाम घोड़ों को सबक सिखाने के लिए लोगों की तादाद भी बड़ी

चाहिए। बाबू साहब बोले सही कह रहे हैं जनाब आप सब, मैं भी आपकी बात से मुताफीक रखता हूं।

खैर वकील बाबू नाम रोशन कर दिए आप। विलायत से वकालत करके आ गए। जी जनाब वो क्या है ना हमारे अब्बा हुजूर एक बात कहते हैं।

*"रोशन हुए गुलदान उनके, जिस घर डाला इल्म ने डेरा।"*

# नई कन्या

वकील बाबू आंगन में चहल कदमी कर रहे थे। इतनी देर में रज़ा साहब की ठक-ठक करती छड़ी की आवाज सुनाई दी। सलाम चाचा आ गए किशनगंज से? हां बाबू आ ही गए अब्बा और अम्मी को बुला दो जरा। चलिए अंदर तशरीफ़ रखिए, अभी बुला कर लाते हैं।

इतने में अशफाकउल्ला साहब आ गए। अरे रज़ा मियां खुशामदीद। सलाम मियां आया था मैं मिलने, आप खेतों की तरफ चहल कदमी करने गए थे।

भाभी ने अशहाबुद्दीन बाबू के लिए लड़की ढूंढने कहा था। किशनगंज के महेंनगांव एस्टेट में अपने यूनुस साहब है। उन्हीं की बड़ी बेटी का निकाह था। कह रहे थे उनकी छोटी बेटी के लिए लड़का ढूंढेंगे अब।

मैंने आपके खानदान के बारे में बताया। उन्हें भी मालूम है कि बेटा आपका विलायत से पढ़ कर लौटा है। बड़े नामचीन लोग हैं पैसा, जमीन, खानदानी। आप रजामंद हो अगर तो देख आइए।

अम्मा की ख्वाहिश पूरी होने वाली थी। बेटे के लिए लड़की जो देखने जा रहे थे। रिश्ता तय करना ना करना अम्मा के हाथ में नहीं था। वह तो बस रजामंदी में अपना सर हिला सकती थी। लड़की से ज्यादा लड़की का खानदान देखा जाता था।

इन दोनों रिश्ते में रज़ा साहब ने पुलिया का काम किया। दोनों परिवार रिश्ते में बंधने वाले थे। बड़ी धूमधाम से दोनों खानदानों का मिलन हो गया। सारे नामचीन लोग निकाह में शामिल हुए।

नई कन्या का नाम सबके सामने उजागर हो गया।

सायरा खातून, अपने नाम के मायने की तरह सायरा की परवरिश भी एक राजकुमारी जैसी ही हुई थी। कद लंबा, गहरा रंग, काली आंखें, एक बार में सबकी आंखों को लुभा जाए। ऐसा किरदार था नई कन्या का।

अपने मायके में भी सायरा ऐसी ही रहती थी। ज्यादा तो नहीं पड़ी थी खातून लेकिन उनके अब्बा अम्मी ने परवरिश में कोई कसर नहीं छोड़ी थी। उनके मायके में भी नौकर चाकर की कमी नहीं थी।

वकील बाबू का मिजाज़ थोड़ा सूफियाना था। सादगी पसंद गुस्सा ना के बराबर ही देखा था कभी किसी ने। आने वाली पीढ़ी को इससे अच्छी जोड़ी मिल ही नहीं सकती थी।

घर की आबोहवा बदल गई थी सायरा खातून के आते ही। बड़े घर खानदान, जमींदार साहब की बेटी को पाकर अम्मा फूले नहीं समा रही थी। सायरा खातून को नई महंगी सुसज्जित करने वाली चीजें, ऐसे सामान जिनसे शानो शौकत दिखे बहुत पसंद थे।

कुछ महीने में नई कन्या ने अररिया का नक्शा किशनगंज में बदल दिया। घर की शोभा और रौनक दोनों ही निखर आई दुल्हन के आने से।

अम्मा के पोते पोतियो को देखने की ख्वाहिश भी जल्द पूरी होती जा रही थी। वक्त बीतता गया और वक्त के साथ घर के सदस्य भी।

घड़ी की सुई भी इतनी तेजी से बढ़ चली कि पता ही नहीं चला कब घर के सदस्यों में तीन पीढ़ी आ चुकी थी।

# तीन की तिकड़ी

वकील अशहाबुद्दीन और सायरा खातून के घर तीन बेटे एक बेटी पैदा हुई। चारों बेटे बेटियों के नाम वकील बाबू के अब्बा हुजूर ने रखे। अब हुजूर को दादा की उपाधि मिल गई और वकील बाबू के नाम से बाबू की उपाधि लेने वाले तीन बेटे आ गए।

बच्चों के नाम शम्स जमाल, कमाल सबा, मति-उल-बारी और जाहेदा खातून रखे गए । सभी बच्चों में उम्र का फासला तीन से पांच साल का था।

पहले बेटे शम्स जमाल का स्वभाव अपने अब्बा जैसा ही था । वकील बाबू से जितने रसूखदार लोग मिलने आते उस वक्त चल रहे राजनीतिक हलचल को लेकर चर्चा में मशगूल हो जाते। शम्स वहीं बैठे सबकी बातें सुनते।

जाहेदा और कमाल का लगाव अपनी दादी से ज्यादा था। मति-उल-बारी का नाम जितना लंबा था उससे ज्यादा बड़े थे उनकी शैतानियों के किस्से। उन्हें सब मोती के नम से जानते थे। उनका नाम छोटा करके मोती रख दिया गया, लेकिन उनकी शैतानियों के किस्से छोटे नहीं पड़ते।

दादा हुजूर सभी बच्चों को हटिया ले जाते तो कभी खेतों की तरफ घुमाने ले जाते। एक दिन दादा हुजूर मोती को हटिया लेकर गए। रास्ते में मस्जिद के इमाम मिल गए।

जमींदार बाबू बातों में इतने मशगूल थे। उन्हें मालूम ही नहीं चला कि मोती पीछे से कहीं भाग गए हैं। जमींदार बाबू ने नजरें घुमाई लेकिन मोती नजरों से ओझल हो चुके थे।

वापस घर पहुंच कर जर्मींदार बाबू ने बहु को आवाज दी। मोती कुनिया छै? घोर चले ओल मोक बिना बताए। सायरा हैरत से देख रही थी। वह सोचने लगी मोती साथ अपने दादा हुजूर के गए थे। वापस घर तो नहीं आए गए तो कहां गए।

सायरा धीमे से बोली नहीं मोती तो यहां नहीं आया। आप दोनों साथ गए थे वो अकेले कैसे यहां आएगा? खूब ढूंढा ढूंढी के बाद रज़ा साहब ठक-ठक की आवाज के साथ इधर आए उनकी हथेली थामें मोती उनके साथ आते दिखा।

पता चला की बाड़ी घर के चौकी के नीचे मोती और रज़ा साहब के पोते फारुख छुपे हुए थे।

रज़ा साहब ने बताना शुरू किया 'हुआ यू बिन बताए दोनों सड़क के दूसरी तरफ वाले हमारे झील पर मछली देखने चले गए। मछुआरों को झील से मछली पकड़ने के लिए दिया था। मेरे साथ फारुख भी जाता था देखने, जब भी मछली पकड़ने जाते थे।

मैं जब झील के पास पहुंचा, मोती भी दिखा मैंने पूछा अकेले कैसे आ गए इतनी दूर? जनाब बोले दादा हुजूर छोड़ गए हैं। आप सब डांट लगाएंगे इसलिए फारुख के साथ बाहर बाड़ी घर के चौकी के नीचे छुपकर बैठ गए जनाब।

वकील बाबू और उनकी खातून पढ़ाई के मामले में बड़े सख्त थे बच्चों पर। शम्स और कमाल पढ़ने में अच्छे थे। दीन और दुनियावी तालीम दोनों ही दिलाये जा रहे थे बच्चों को। मोती सबसे छोटे होने का फायदा भरपूर उठाते। साइकल उठाते भाग जाते उनकी टांगे पहुंचती नदारद लेकिन शौक था।

चोरी छुपे घर में घुसते, जहां सायरा खातून पकड़ लेती। भागकर दादा हुजूर के पीछे छुप जाते। मोती, दादा के सबसे चहिते पोते थे। हटिया खेत खलियान जैसी जगह जाने के लिए दादा हुजूर की गोदी की सवारी थी मोती की। डांट पड़े या मार 'दादा हुजूर बचाइए बचाइए' ऐसे चीखते थे जैसे काल कोठरी में कैद करने जा रहे हो।

सायरा खातून के पास भी सजा देने का अलग तरीका होता। जिस दिन हाफिज साहब का अलिफ बा ता सा का सबक याद किए बिना भाग जाते। अम्मी उनकी उन्हें सबक सिखाती, खाने में सिर्फ चीनी रोटी दे कर।

गेहूं की रोटी में चीनी डाल कर उस दिन का खाना होता मोती का। तब दादा-दादी अब्बा कोई बीच में नहीं आते।

जाहेदा को पढ़ाई का इतना शौक नहीं था। कसीदे कारीगरी में दिलचस्पी उनकी नानी से मिली उन्हें। जाहेदा की नानी इन सब कलाओं में माहिर थी। वह जब भी आती जाहेदा को अपने साथ ले जाती।

दगला, चादर, तकिए के गिलाफ, जिनका रंग सफफा होता रंग बिरंगे धागो से कसीदे कर उनमें जान डाल देने की कला थी नानी में।यही कला आगे चलकर उनकी नातिन को मिली।

हालांकि कसीदे कारीगरी उस समय बंगाल की परंपरा ही थी। जो हर घर की औरतों को विरासत में ही मिली थी।

एक बार चारों अपने ननिहाल पहुंचे। मोहम्मद गफ्फार जो सायरा खातून के दूर के खलेरे भाई थे। दिल्ली से बिहार किशनगंज आए हुए थे।

सबसे मिलने गफ्फार महॅन गांव एस्टेट भी आए। उनकी पढ़ाई नई दिल्ली में स्थित तिब्बिया कॉलेज से चल रही थी।

कमाल ने गफ्फार मामा के संग बैठकर अपनी चल रही पढ़ाई के बारे में बताया। कमाल का रुझान यहीं से चिकित्सा की तरफ गया। कमाल की जिज्ञासा उसे इस क्षेत्र के बारे में ओर जानने के लिए प्रेरित कर रही थी। मामा ने बताया कि 'इस कॉलेज का उद्घाटन महात्मा गांधी ने सन 1921 में किया था यानी 2 साल पहले'।

गफ्फार आंखों में चमक लिए कमाल को बताने लगे। तुम्हें पता है कमाल यहां आयुर्वेदिक और यूनानी चिकित्सा पद्धति के अध्ययन की सुविधा है।

यह कॉलेज आयुर्वेदिक आयुर्विज्ञान और शल्य चिकित्सा और यूनानी आयुर्विज्ञान और यूनानी शल्य चिकित्सा में स्नातक उपाधि प्रदान करता है। कमाल के लिए यह सब जानना काफी था। यहीं से उनके अगले कदम की पहली सीढ़ी की तैयारी हुई।

शम्स जमाल को 1923 में कोलकाता विश्वविद्यालय भेज दिया गया। शम्स का किरदार ऐसा था जैसे अशहाबुद्दीन बाबू की परछाई को खड़ा कर दिया गया हो। शम्स भी मिजाज से सूफियाना थे।

शेरो शायरी का शौक,तार्किक बातें उन्हें अपने अब्बा हुजूर से विरासत में मिली थी। साथ ही माहौल का असर उन पर अपना रंग छोड़ गया था।

उधर शम्स जमाल एडवोकेट शम्स जमाल बनने की जुस्तजू में लगे थे। वहीं दूसरी तरफ कमाल सबा अपने नाम की तरह, सूरज की पहली किरण जैसे चमक कर चिकित्सक बनने की तैयारी के लिए गफ्फार मामा के नक्शे कदम पर चल पड़े।

इन दोनों की गैर मौजूदगी को पूरा करने के लिए उनके दो भाई इस दुनिया में जन्म ले चुके थे। इस बार दोनों का नाम उनके अब्बा अशहाबुद्दीन ने रखा। कैसर शाहीन और तलत नसीम।

मोती अब बड़े हो गए थे। उनका पद अब तलक को मिल गया। सायरा का मिजाज अब भी सख्त बना हुआ था। उनकी सख्ती ने मानो घर की पूरी बाग डोर संभाल रखी हो।

दादा हुजूर की तबीयत नासाज रहने लगी थी। अपनी पोती को रुखसत होते देखना उनकी आखिरी ख्वाहिश बन गई। उनकी प्यारी बेगम वकील बाबू की अम्मा पहले ही छोड़कर जा चुकी थी उन्हें। बेगम के जाने का गम दो साल से उन्हे मायूसी के तरफ ढकेलता जा रहा था।

इससे पहले सांसें भी साथ छोड़ जाए, अपनी पोती जाहेदा को कन्या बने देखना चाहते थे दादा हुजूर।

# रुखसती

जाहेदा के लिए रिश्ते बड़े घरों से आने लगे। जाहेदा हुबहू अपनी अम्मी जैसी दिखने लगी थी। सुरजापुरी बिरादरी में उस वक्त कम ही ऐसी लड़कियां थी जिनका उर्दू तलफ्फुज बेहतरीन हो।

जाहेदा की ज़बान बहुत साफ और आवाज़ में तल्खी थी। यह खूबी उन्होंने अपने परिवार से पाई थी। वह पढ़ी भले कम हो लेकिन उन्हें दुनियां दारी की समझ अच्छी थी।

वहीं दूसरी तरफ दादा हुजूर अपनी पोती को निकाह के जोड़े में देखने की जल्दी में थे। अशहाबुद्दीन के यहां किशनगंज के झाला गांव में रहने वाले जर्मींदार सत्तार बखश के बेटे का रिश्ता आया।

लड़के का नाम अहमद हुसैन था। लंबे गोरे लंबी नाक हसीन। इन सब बातों के अलावा अहमद हुसैन के नेक दिल ईमान वाले सच्चे सीधे होने के चर्चे दूर गांव में पहले हुए थे।

खानदानी अमीर था इनका परिवार हाथी, घोड़े, जमीन, सोने, जवाहरात इन सब चीजों से धनी तो थे ही। साथ ही साथ रूप और अखलाक के भी धनी थे।

अहमद हुसैन की जाहेदा खातून से दूसरी शादी होती। इससे पहले इनकी शादी एसडीएम साहब की सबसे बड़ी बहन हमीदा बेगम से हुई थी। बीमारी से उनका इंतकाल हो गया था। जिनसे उन्हें दो औलादे भी थी।

इन सब बातों के बावजूद अशहाबुद्दीन बाबू ने अपनी बेटी इनके खानदान में देने का मन बना लिया। इसकी वजह थी अहमद नेक

अखलाक के चर्चे। साथ में उस दौर में इनके खानदान का उरूज।

दोसो साल पहले, दो भाई बांग्लादेश के झालकाठी से आकर। नेपाल से 10-12 किलोमीटर की दूरी पर स्थित एक जंगल में बस गए। झालकाठी का झाल लेकर इसका नाम झाला रख दिया गया।

इन दो भाइयों का नाम था। सुखानू बिस्वास और गुन्दू हुसैन सुखानू ने कभी शादी नहीं करी। गुन्दू की शादी से तीन औलादे हुई।

पहला पीर बख्श, दूसरा इलाहदद बख्श, तीसरा तफीजुल हुसैन। पूरा झाला इन्ही की औलाद से बस गया। विरान जंगल में आदम जात बस गए। अनोखी बात यह है कि झाला को घड़िया में बांट दिया गया।

पीर बख्श के छह बेटे हुए इलाहदद बख्श के तीन तफीजुल के दो। बाद में इन्हें छह घड़िया, तीन घड़िया, दो घड़िया के नाम से जाना जाने लगा।

अहमद हुसैन छह घड़िया वाले थे। झाला में जाहेदा छह घड़िया वालों का हिस्सा बनने वाली थी।

निकाह का दिन करीब आ गया। लड़की की हल्दी मेहंदी की रसम होने लगी। सुरजापुरी लोगों में हल्दी के बदले कसी लगाने का रिवाज चलता है। जिसे ताजा ज़मीन से खोदकर, फिर काट कर, सुखाकर पीसने की रसम होती है। देखने में हल्दी जैसी दिखने वाली कसी में खुशबू जितना फर्क सिर्फ पहचान सकते हैं।

ताजा हरी मेहंदी के पत्तों को पेड़ से तोड़कर सिलबट्टे से पीसकर दुल्हन को सीधा हथेली में लगा दिया जाता। आखिरकार बारात दरवाजे पर पहुंची सभी आस पास रहने वाले दूल्हे मियां को झांक-झांक कर देखने लगे।

दूल्हे की चमक चेहरे पर साफ झलक रही थी। बारातियों का खूब इस्तकबाल किया गया।

जाहेदा कमरे में बैठे थोड़ी मायूस थी। ननिहाल, ददिहाल का लाड कम हो जाएगा विदाई के बाद ऐसा उसे लगता था।

अम्मी कमरे में आते हुए बोली 'अला से तोर नया जिंदगी शुरु खूब खुश रहीस घोर बार संभालिस हमचार दुआ छे साथ' ये सुनते ही जाहेदा की आंखें नम हो गईं। अम्मी को गले से लगाए जी भर कर रोने लगी।

निकाह पढ़ाने का वक्त हो रहा था। दुल्हन को बाहर लेकर आया गया। लाल बनारसी साड़ी, माथे पर सोने का सेतीबन, नाक में सोने की नथिया, कानों में सोने के चंबल्ले, गले में पचास भरी सोने के हार। अम्मा ने अपने हाथों से पैरों पर आलता लगाया था।

कुल्हैया लोगों के लिए सुरजापुरी बिरादरी बंगाली ही होती है। उनके लिए बंगाली भाषा और सुरजापुरी बोली में दस प्रतिशत का फर्क होता है। इतनी प्यारी दुल्हन देख सब कहने लगे बंगाली दुल्हन 'खूब भालो'।

दोनों तरफ से निकाह पढ़ाया गया दोनों तरफ कुबूल है के हर्फ सुनाई दिए। जाहेदा को डोली में रुखसत किया गया। दो घंटे में डोली मियापुर से झाला पहुंची। बहू का इस्तकबाल उनके दो बच्चों ने भी किया।

नई मां की आने की खुशी दोनों बच्चों को थी। बेटा बड़ा था बेटी छोटी। बेटे का नाम तो हुमायूं बेटी का शहनाज कुछ महीने के अंदर नई खुशखबरी ने दस्तक दे दी।

नई मां इन दो बच्चों का ख्याल रख पायेंगी कि नहीं इन अटकलियों में हुमायूं और शहनाज के ननिहाल झाले दोनों को अपने साथ लेकर चले

गए।

इस बीच सायरा खातून ने अपनी बेटी को संदेश भेजा। शादी से लेकर बच्चा होने तक के सारे सुरजापुरी रिवाजों को निभाया गया। संदेश में हाथ से बने दगला, फुलिया, खाने में मकस (एक प्रकार का फल), लच्छेदार मैदे से बने पराठे, मिठाइयां, दही भेजी गई। कुछ महीने में जाहेदा खातून और अहमद हुसैन प्यारी सी बच्ची की अम्मी अब्बा बन गए।

यह खबर अशहाबुद्दीन बाबू तक पहुंच गई। पहली फुर्सत में अशहाबुद्दीन का परिवार झाला आया। बच्ची को देखकर नाना बने अशहाबुद्दीन बोले 'माशाल्लाह बच्ची का नाम डेजी रखेंगे'।

कई महीनो से नाना ने अपनी नातिन का नाम सोच रखा था। सबने हामी में सर हिलाया। नानी बनी सायरा खातून ने बच्ची को गोद में उठाकर उसकी नजर उतार ली।

दादा हुजूर पोती को रुखसत करा कर खुद भी दुनियां से रुखसत हो गए। सारा परिवार दादा हुजूर को आखरी बार सुपुर्द-ए-खाक करने आए।

दादा हुजूर का कमरा खाली विरान सन्नाटे में घिर गया। खेत खलिहान हटिया वीराने में डूब गए।

मोती लगभग दो हफ्ते तक दादा हुजूर के कमरे में चुपचाप जाकर बैठ जाते। सबसे नजर चुराए अपना दिल हल्का कर लेते।

अब्बा अशहाबुद्दीन से यह सब छुपा न था। वह जानते थे कि मोती दादा हुजूर के कितने करीब था। इसलिए उन्होंने जल्द से जल्द मोती को इलाहाबाद भेजने का मन बना लिया। वो मति-उल-बारी को आगे

की पढ़ाई के लिए यहां से दूर भेजने का पहले से ही सोच रहे थे। अब वक्त आ गया था कि उनको जल्द से जल्द रवाना किया जाए।

# ऑक्सफर्ड ऑफ दी ईस्ट

1929 का समय था। मोती का दाखिला इलाहाबाद विश्वविद्यालय में करवाने का समय आ गया। मति-उल-बारी वनस्पति विज्ञान में स्नातक करने आए। उनके साथ उनके बचपन के मित्र फारुख मियां भी थे। जिन्होंने गणित में स्नातक के लिए 1928 में ही दाखिला ले लिया था।

मोती अपनी नई जिंदगी में कदम रख चुके थे। विश्वविद्यालय में दाखिला लेते समय उन्हें शिक्षा शुल्क जमा करना पड़ा। साथ में उन्हें यूनियन की सदस्यता शुल्क भी जमा करनी पड़ी। यह व्यवस्था उन्हें समझ नहीं आ रही थी कि इसका शुल्क अभी से क्यों ले लिया जा रहा था?

फारुख मियां थे गणित के छात्र लेकिन किसी जगह या चीज के बनावट और उसके बारे में ऐसे बताते जैसे कोई कहानीकार बताते या सुनाते हैं।

मोती और फारुख का समय साथ ही बीतता था। वह साथ में केंद्रीय पुस्तकालय सीनेट हॉल जाते। पहली बार जब फारुख मोती के साथ पुस्तकालय गए तो दिखा दिखा कर कहने लगे।

"पता है मोती तुम्हें यह जो पुस्तकालय है इसका निर्माण स्कॉटिश, बरोनियल, अवधि, मुगल और ब्रिटिश वास्तुकला शैली के मिश्रण से किया गया है। जिसके वास्तुकार 'सर स्विंटन जैकब' थे"।

सीनेट हॉल बहुत सारे अनेक छतरी एवं झरोखों द्वारा सजाया गया था। साथ ही इसमें ठेठ इलाहाबादी मेहराब लगे थे। फारुख तपाक से बोल पड़े, मोती तुम जानते हो इसका निर्माण किसने किया था? मोती

ने ना की मुद्रा में सर हिला दिया। इसका निर्माण सर स्विंटन जैकब ने वर्ष 1910 से 1915 में करवाया था।

यह सारी बातें बताते वक्त फारुख की आंखों में अलग ही चमक नजर आती थी। ऐसा लगता था कि यह सारे निर्माण खुद फारुख ने करवाए हो।

मोदी को यहां दो महीने बीतने वाले थे। छात्र संघ का चुनाव नजदीक था। चुनाव प्रचार काफी जोरों शोरों से चल रहा था। चुनाव खत्म हो गए, पदाधिकारी चुन लिए गए। यूनियन के पदाधिकारियों का कार्यकाल चार महीने तक नियुक्त हो गया। अगले चार महीने तक कोई चुनाव नहीं होने थे।

यहां भारत और वैश्विक रूप में चल रहे हैं हलचल साफ तौर पर दिखाई देते थे। सारे छात्र आपस में चर्चा करते दिख जाते। तारीख थी 29 अक्टूबर 1929 अमेरिका में शेयर बाजार के धड़ाम होने के साथ महामंदी की शुरुआत थी।

मोती और फारुख का सत्र पूरा होने ही वाला था। जाने से पहले उनकी जिंदगी में ऐसी घटना घटी, जिसे वह अपनी कॉलेज की जिंदगी की सबसे दुखद घटना बताते हैं।

27 फरवरी 1931 की सुबह जब मोती फारुख और उनके कुछ साथी हिंदू बोर्डिंग हाउस के गेट पर पहुंचे तो उन्हें गोली चलने की आवाज सुनाई दी। थोड़ी देर में वहां विश्वविद्यालय के छात्रों की बड़ी भीड़ जमा हो गई।

पुलिस कप्तान मेजर्स भी वहां पहुंच चुके थे। उन्होंने छात्रों से तितर-बितर होने के लिए कहा। लेकिन कोई भी वहां से नहीं हिला। कलेक्टर मम्फोर्ड भी वहां मौजूद थे।

कप्तान मेजर्स ने भीड़ को तितर-बितर करने के लिए गोली चलाने की अनुमति मांगी लेकिन कलेक्टर ने अनुमति नहीं दी। उसी समय उन सब को पता चला कि आजाद शहीद हो गए हैं।

# मेहर की गाड़ी चलती जाए

सुहेब इकबाल ने वकील बाबू को हटिया में रोकते हुए कहा 'वकील बाबू शक्कर पेड़ा नी खिलाबो एकटा बेटा एडवोकेट एकटा डॉक्टर बने गेल तोर'। वकील बाबू खुद विलायत से पढ़ कर आए थे, लेकिन बेटे के एडवोकेट और डॉक्टर बनने की खुशी उनके चेहरे पर नजर आती थी।

बेटे शम्स जमाल, जिनके नाम के आगे एडवोकेट शम्स जमाल बोलकर पुकारा जाने लगा। अररिया में, एडवोकेट बने शम्स बाबू ने अपना चेंबर खोल लिया था।

कमाल सबा को सब डॉक्टर कमाल के नाम से जानने लगे थे। आस पास से लेकर दूर दराज के सभी गांव के लोग डॉक्टर कमाल के पास आते। अव्वल इनकी फीस बहुत कम दूसरी शिफा मिली थी इनको अपने हाथों में।

हर जगह इनको "डाक्टर बाबू" बोलकर पुकारा जाता। हकीम अजमल खान को अपने गुरु के रूप में देखा था कमाल ने। शिफा कुदरती ही थी शायद इनके हाथ में, तभी तो गफ्फार मामा से मुलाकात हुई और इनको अपना रास्ता दिख गया।

अशहाबुद्दीन साहब के पास आए दिन कोई ना कोई शम्स बाबू और कमाल बाबू की तारीफ करता। एक बार एक शख्स जो अशाहबुद्दीन बाबू से मिलने आए थे कहने लगे

'शम्स बाबू के चेंबर के बाहर ऐसी लंबी कतार खड़ी होती है जैसे कोई मुफ्त में हलवा बांट रहा हो'। 'कमाल बाबू को तो अल्लाह ताला ने जादुई राहत रखी है हाथों में'।

जब भी लोगों में उन दोनों के चर्चे होते। अब्बू अशाहबुद्दीन फक्र से अपना सीना चौड़ा कर लेते।

कहानी के दूसरी तरफ थी सायरा खातून। बेटी को रुखसती दिला कर उन्हें घर में लड़की की कमी खटक रही थी। अम्मा जैसे अपनी नई बहू को लाई थी। उसी तरह अम्मी के दिल में नई बहू की तलब लग गई।

शम्स के निकाह को लेकर अम्मी के मन में ख्याल आने लगे। उन्होंने इस बारे में अशहाबुद्दीन बाबू से बात करी। अशहाबुद्दीन तो अपनी बेगम की हर बात पर राजी हो जाया करते भला इस बात को कैसे मना कर पाते।

लड़की उन्हें चाहिए थी अपने पसंद की। खातून अपने बेटे के आदत और मिजाज दोनों से वाकिफ थी। शम्स जमाल बेहद शांत दिखते थे। चेहरे पर कुदरती मुस्कान थी उनके। अम्मी की बात तो कभी टाली ही नहीं उन्होंने। इसलिए शम्स उनके सबसे चहिते थे।

शम्स जितने तार्किक थे। उतने ही सूफियाना भी उन्हें शेरो शायरी का बड़ा शौक था। वह रोज अपनी डायरी में कुछ ना कुछ लिखते रहते। केस जब लड़ते अच्छे-अच्छे जज उनकी तारीफ करते। उनके शर्मीले शायराना मिजाज़ से उनकी अम्मी वाकिफ थी।

सायरा अपने बेटे के लिए ऐसी बहू चाहती थी जो खानदान के विरासत को संभाल सके। जिसका रोब खातून से मिलता हो। कुल मिलाकर उन्हें खानदानी, सुलझी, समझदार, सुरजापुरी बिरादरी की लड़की चाहिए थी। बेटे की पसंद नापसंद से खातून वाकिफ थी। लड़की देखने का जिम्मा अम्मी ने ही लिया।

लड़की के यहां पहुंच कर सायरा ने घर बार लोग उनका रवैया, खानपान देखा। खातून की पैनी नजरों ने सब कुछ जाचा। बारी आई

लड़की को देखने की। मर्दों की बैठक बाहर थी। औरतें अलग बैठक में बैठी थी। सायरा ने लड़की से मिलने की पेशकश रखी। यह सुन लड़की के परिवार वालों में के माथे पर पसीना आ गया।

सायरा को अलग कमरे में ले जाया गया। कमरे का दरवाजा खुला सामने बिस्तर पर खूबसूरत 16-17 साल की उम्र की लड़की बैठी थी।

सामने इस अजनबी चेहरे को देख वह लड़की खड़ी हो गई। कांपती आवाज में उसने सलाम किया। खातून को इशारा करते हुए उसने अपने बिस्तर पर बैठने के लिए कहा।

सायरा 2 मिनट तक चुप बैठ कर लड़की को अच्छे से निहार रही थी। मध्यम कद, पतली, गोरी, बड़ी भूरी आंखें, आवाज में खनक। नीले रंग की साड़ी पहन रखी थी उसने। खुद को आंचल से बार-बार खींचकर ढके जा रही थी। ऐसा लग रहा था कि पहली बार पहनी हो।

सायरा खातून अगले ही पल सवाल-जवाब का घेरा बनाने लगी। नाम की छे तोर? लड़की ने कहा 'मेहर-उन-निसा। उर्दू बोले लुइस? मेहर ने इस सवाल का जवाब उर्दू में ही दिया 'जी बोल लेती हूं'।

दीनी तालीम तो हासिल की होगी तुमने, मेहर पढ़ाई कहां तक करी है? मेरा बेटा एडवोकेट है। बहुत लोग रहते हैं हमारे घर जो घर का काम काज करते हैं। फिर भी कुछ आता है तुम्हें पकाना? इतने सारे सवाल खातून दाग चुकी थी कि मेहर समझ नहीं पाई कैसे बोलूं।

इन सब बातों पर पूर्णविराम लगाते हुए उसके मुंह से सिर्फ 'जी' निकला। इस गुफ्तगू का अंजाम जी तक रुक गया।

4 दिन बाद अररिया से किशनगंज पैगाम भिजवाया गया। आपकी बेटी हमें पसंद है। जल्द से जल्द निकाह की तैयारी करिए। सबसे बड़े

बेटे की शादी थी। हर जगह के जान पहचान, नामचीन लोग, रिश्तेदारों को न्योता भिजवाया गया।

खातून सास बनने वाली थी। उनका रुतबा शान और बढ़ने की तैयारी में था। बारात लंबा सफर तय करके किशनगंज पहुंची। नई पारी थी जिंदगी की, ठंड के मौसम में भी शम्स को पसीने आ रहे थे। इतना डर तो कोर्ट रूम में नहीं लगता था शम्स को। बारात आंगन पहुंच गई।

दोनों ने एक दूसरे को कुबूल फरमाया। मेहर को जहेज में गाड़ी दी गई। उसी गाड़ी में नया जोड़ा अररिया पहुंचा। सबकी नजरें गाड़ी में बैठी दुल्हन को ढूंढने लगी। यहां का रिवाज था~ जब नई कन्या ससुराल आती है, लड़के की बहन कन्या को दरवाजे से कमरे तक उठा कर लाती है, जाहेदा ने भी ऐसा किया।

बारी आई अररिया खाने की, ऐसे रस्म की जिसमें लड़का लड़की के साथ 20 से 25 दिन तक लड़की के मायके में रहता है। इस बीच लड़के के परिवार वालों में से कोई ना कोई आता जाता रहता। मेहर को जहेज में मिली गाड़ी का रोज चक्कर किशनगंज से अररिया, अररिया से किशनगंज लग जाता। ठंड के मौसम में माछ, भक्का, पीठा, मुर्गा मुसल्लम, पुलाव की दावत चलती रही।

वक्त खत्म हुआ मेहर-उन-निसा को उसके घर वालों ने विदाई दी। साथ में दामाद बने शम्स को भी। मेहर पूरे रास्ते उदासी से भरी नम आंखें लिए गाड़ी से खिड़की के बाहर का रास्ता देखते हुए आई।

अररिया के गांव में मियांपुर के पास गाड़ी गुजर कर घर के तरफ मुड़ रही थी। इतने में कुछ बच्चों का झुंड गाने की धुन के तरह एक सिरारी गाने लगे ''मेहर की गाड़ी चलती जाए चलती जाए'।

थोड़ी आगे पहुंचे तो कुछ लोग गाड़ी के तरफ नजरें घुमा कर जोर-जोर से बोलते हुए नजर आए 'मेहर की गाड़ी चलती जाए चलती जाए'।

इन वाक्यों को देख कर मेहर गुदगुदा उठी। मायूस चेहरे पर हंसी की लहर दौड़ पड़ी।

मेहर-उन-निसा को यहां 5 महीने बीत गए। वह भी अपनी सास की तरह तात की रंग बिरंगी साड़ी पहनने लगी। खातून मेहर से कहती 'नया डा कनिया चटक रंग पिन्हो ते अच्छा लागो, बनारसी ला पिनोइस क्या नी? साड़ी पहनते कैसे हैं यह उसे सास सायरा ने सिखाया। वह हमेशा मेहर को बनारस की रंग बिरंगी साड़ी पहनने कहती। लेकिन सास की देखा देखी वह भी तात की साड़ी पहना करती।

शम्स को शायरी ग़ज़ल लिखने का शौक रहा था वह अपनी नई बेगम को उनमें से कुछ सुनाते भी थे।

*"उसने हमें कभी तगाफुल से नहीं देखा, हमने उसे जब भी देखा तो बड़ी गौर से देखा।"*

# कुल्हैया बेगम

1940 में कैंसर शाहीन ने पटना यूनिवर्सिटी से बी.ए में स्नातक हासिल किया। उन्हें साहित्य में रुचि रही। स्नातक पूरा करके वह वापस अररिया पहुंच गए। यहां उन्होंने अपना कारखाना खुलवा लिया।

तलत नसीम परिवार में भाइयों से सबसे छोटे थे। हसीन चेहरे के साथ उनकी आवाज भी मदहोश करने वाली थी। 1945 में पटना यूनिवर्सिटी से तलत ने बी.ए में स्नातक पूरा किया। वो अपने दोस्तों में अपनी मधुर आवाज के चलते मशहूर थे। उनके दोस्त कोई ना कोई तराना उनसे गाने को कहते। यह सिलसिला उनके कॉलेज में रहने तक कायम रहा।

गायकी के चलते तलत लड़कियों में चर्चा का विषय होते। तलत का मिजाज काफी आशिकाना था। उनकी बातें सबको अपना बना लेती। हरफनमौला मिजाज के तलत को किसी का कोई फर्क नहीं पड़ता।

1946 में तलत अपने परिवार के पास वापस आ गए। सारे भाइयों की अब्बा हुजूर और अम्मी ने शादी करवा दी थी। सब खानदान ऊंचे खानदानी रईस सुरजापुरी बिरादरी से थे। सायरा खातून और अशाहबुद्दीन साहब जरीफ हो गए थे। चारों तरफ बेटे बहू पोते पोती नाती नातिन की आवाजे सुकून देने के लिए काफी थी।

शम्स और मेहर को इतने सालों में कोई औलाद नसीब नहीं हुई। उन्होंने कैंसर के दूसरे बेटे को गोद ले लिया।

अब सिर्फ तलत बचे थे। सबसे छोटे भाई थे तो किसी को जल्दी नहीं थी।

अररिया वापस आकर तलत का मन नहीं लग रहा था। वह खेत खलिहान बागान देखने चले जाया करते। भाई के कारखाने चले जाते जिससे उनका मन लगा रहता।

इस बीच ऐसा कुछ होने वाला था। जिसकी उम्मीद किसी ने नहीं रखी थी। आज भोर से ही तलत कहीं चले गए थे। शाम ढलने को आया लेकिन तलत कहां बिन बताए चले गए किसी को नहीं मालूम चला।

खोज बिन जारी रखी गई लेकिन किसी को कोई खबर नहीं मिली। सबके माथे पर सिलवटें पड़ गई घर का सबसे छोटा बेटा भोर से कहीं गायब था।

सब परेशान आंगन में डेरा जमाए बैठे थे। सहरा खातून आंसू में डूबी बेटी की राह देख रही थी। इतने में दो लोगों के कदमों की आहट सुनाई दी। सामने तरफ खड़े थे। साथ में थी एक बेहद खूबसूरत लड़की।

कोई कुछ पूछता इससे पहले तलत ने खुद कह दिया। मी शादी करे लीनू। यह सुनते ही सबके चेहरे की हवाइयां उड़ गई। बड़े भाई शम्स ने गुस्से से कहा 'मजाक चल रहा है क्या शादी कर आए कौन है यह लड़की? घर पर किसी को कुछ बताया क्यों नहीं। लड़की के घर वालों को मालूम है कि तुम दोनों शादी कर आए हो'।

तलत डर से कांपने लगे। कैसर शाहीन लड़की के चेहरे से वाकिफ थे। उन्हीं के कारखाने में काम करने वाले मसूद काका की बेटी थी यह लड़की।

जिस शानो शौकत और खानदान का रुतबा सायरा खातून ने बनाए रखा, आज वही रुतबा मिट्टी पलीद हो गया।

तलत की मुलाकात अंसरी बेगम से कारखाने के बाहर हुई थी। मिलने का सिलसिला जारी रहा। मुलाकाते कब मोहब्बत में बदल जाएगी दोनों को नहीं मालूम था।

तलत इस बात से वाकिफ थे कि उनका परिवार कभी शादी के लिए रजामंद नहीं होगा। यही वजह रही की वह चुपके से शादी कर आए।

सारा सच जब सबके सामने आया। सायरा खातून जो अभी तक रो रही थी गुस्से में अपनी छड़ी उठा कर जमीन पर पीटते हुए बोली। 'कुल्हैया की बेटी की बेटी मेरे घर की बहू कभी नहीं बन सकती निकलो मेरे घर से बाहर निकल जाओ नामुराद'।

अपनी छड़ी से सारा गुस्सा उन्होंने जमीन को पीटते हुए निकाला। सबके शांत करवाने पर उन्होंने बोलना बंद किया। अशाहबुद्दीन अपनी बेगम को शांत करवा रहे थे। उन्हें गुस्सा ना के बराबर करते देखा था किसी ने इस बार भी वह ऐसे ही थे बिल्कुल शांत।

कुछ महीने तलक अंसरी के साथ उन्हीं के घर पर रहे। अंसरी के सिर्फ बाबा थे। मां बचपन में गुजर गई थी। ना भाई थे ना बहन आदत की बहुत अच्छी स्वभाव सीधा-साधा कोई कुछ कह देता तो फट से रो पड़ती।

दोनों इसी उम्मीद में थे कि परिवार वालों का गुस्सा शांत हो तो वापस घर जाएं। उधर दंगे अपने उफान पर थे। इन्हें घर निकाला मिला था। वहीं दूसरी तरफ लोगों को देश निकाला, भारत का नक्शा दो टुकड़ों में बट गया।

वक्त था भारत-पाकिस्तान के विभाजन का, गुस्सा शांत होते ही सब ने दोनों को वापस घर अपने साथ रहने बुला लिया। लेकिन देश निकाला जिन्हें मिला वह उस जगह जहां उन्हें अपनापन लगता था,

जहां उनका घर था, घर वाले थे, वह कभी लौट कर उस जगह वापस नहीं आ पाए।

कुछ लोगों ने अपना घर खोया तो कुछ ने घर वालों को। कुल्हैया और सुरजापुरी में जीत मोहब्बत की हुई। लेकिन हिंदू मुस्लिम के झगड़े में हार मोहब्बत की।

www.ingramcontent.com/pod-product-compliance
Lightning Source LLC
Chambersburg PA
CBHW030507170726
47990CB00008BA/3079